迟 CHI

庐 LU

吟 YIN

稿 GAO

张俊立 著

作家出版社

　　张俊立，甘肃省临潭县人，1963 年 10 月生。曾就职于临潭县档案局等单位。系中华诗词学会、甘肃省诗词学会、甘肃省楹联学会会员，曾任《甘肃诗词》副主编，现任临潭县洮州诗词楹联学会会长。长期致力于临潭地方历史档案资料的搜集整理，编纂、出版有《味雪诗存校注》（清·陈钟秀著）《临潭金石文钞》《洮州厅志校注》《甘肃金石录·甘南卷》及《甘肃省历代诗歌选注·甘南卷》（合著）等，曾参编《黄河之都中华诗词楹联大赛获奖作品集》等诗词楹联集。

目 录

自　序

　　乡邑前贤陈辉山先生自序其诗《味雪诗存》曰："余生平机遇之厄暨嗜好之事，悉于是乎在焉，诗敢云乎哉！"前贤如长流崇岭，高山仰止。后生余小子浮沤流沫而已，又何足道哉！自思生于斯土斯乡，于世于己，不当无所用心。遂未免俗，自削其稿。方家或笑其陋，盖敝帚自珍而已。是为序。

张俊立

2022年2月于临潭旧城

暑夏遣怀

油菜花开绿映黄，山川处处正飘香。
闲来踽踽行郊外，垄上卧看蜂蝶忙。

2000年7月

与全宁

文章稊米事，说与君相知。

或可自怡悦，何如闲敲棋。

2000 年 12 月

雾中莲花山

天外起云烟，莲峰隐俏颜。
有人频问路，何处可登攀？

2001 年 7 月

题黄捻子

深山藏秀色，亘古白云闲。
人迹今纷至，喧哗满一山。

2001 年 7 月

憩香子沟松林

深山读古经，一鸟侧头听。
倏尔又飞去，溪边逐蜻蜓。

2001 年 7 月

题园菊

飒飒西风里，亭亭有劲枝。
霜中亮人眼，最是此花奇。

2002年9月

题枯竹（新韵）

修竹四五竿，姗姗立西园。
来自花市中，疏影摇窗前。
春荣冬犹绿，志趣耐暑寒。
虚怀揖让风，劲节向青天。
痛哉居非土，遽尔凋姿颜。
物皆有所宜，汝且聊自安。

2003年5月

蝶恋花·送长女赴兰就读初中

常笑临歧人哽咽，聚散寻常，清泪无由撒。千里中州曾就学，父兄相送多轻别。

长女而今携小箧，择校金城，此去经年月。未尽叮咛声转噎，泪花暗忍情翻怯。

2005 年 9 月

冬暮过冶木峡（二首）

（一）

叠嶂齐天立，回风舞雪迷。
垂空暝色重，危石咽流低。

（二）

长松依绝壁，孤鸟宿深枝。
风雪远归客，苍茫过峡迟。

2006年2月

答人（新韵）

晨羲之，午让之，晚摹古文泰山石。
夜读南华金刚偈，读罢唐诗翻宋词。
门外闹市人熙熙，门前宝马香车稀，
门里花香飞鸟啼。
寝前往往何所事，学前幼女要猜谜。
月升早，日落迟，昼短夜长吾随意。
但得无事慰相思，清茶淡酒逸兴起，
逍遥谈，二三子。

2006年5月

叠萝花·秋思（新韵）

　　时序到清秋，繁华收过，野马尘埃俱澄澈。日高天远，极目山村辽阔。故人邀共酒、悠然坐。

　　夜静意闲，临窗高卧，碧海青天属明月。幽庭如水，恍若瑶都琼落。还思约伴往、昆仑国。

2006 年 11 月

一剪梅·无眠

　　抱恨怀愁未入眠，伴月西窗，望月中天。庭前月色映霜华，河汉星稀，车笛声传。

　　空里阴云锁黛山，花也经霜，柳也凝烟。行人几欲向桃溪，还畏惊波，还畏浓寒。

2006 年 11 月

长相忆

别也难，聚也难，几处牵肠魂黯然。相思云水间。
朝未还，夕未还，聚散匆匆不待年。倚楼望月圆。

2007 年 3 月

夏晨登白塔山所遇

初日翠微红，遍山佳木浓。
晨行携杖者，问道最高峰。

2007年8月

与丁国华诸君同饮

秋高气爽碧天长，丛菊粲然槛外香。
持酒待君携卷至，寸心今日累千觞。

2007年9月

深秋寄怀

秋风萧瑟到重阳，踽踽登高暗自伤。
负笈辞行忧弱女，耄年愧奉是高堂。
青春不再堪回首，白发徒增枉断肠。
满目山川红翠减，一杯浊酒味苍凉。

2007年10月

周末携小女往东明山汲泉

繁霜落瓦月西偏，小女相从往汲泉。
玉盏红炉茶细浅，日高袅袅起炊烟。

2007 年 11 月

长相忆 · 送陈旗移民（二首）

其一

别洮州，往瓜州，杨柳桃花春弄柔。故园难再留。
春到秋，乐与忧，洮水年年梦里流。青山古渡头。

其二

柳渐长，别故乡，红杏纷飞残苑旁。青衫泪满行。
情堪伤，莫断肠，丝路悠悠亦梓桑。瓜州酒也香。

2008年4月

画堂春·清明

霏霏雨雪又清明，柳芽点点如星。挈浆牵子垄头行，多少心情。

岁岁年年此际，魂飞杳杳冥冥。黄泉碧落永无穷，春草还生。

忆秦娥·汶川特大地震

苍天裂，山崩地陷人寰灭。人寰灭，九州飞泪，汶川揩血。

中华纾难坚如铁，千军奋励挥黄钺。挥黄钺，五洲四海，誓弥天缺。

鹧鸪天·早春

乍暖还寒二月间，方晴复又雪连天。蛰居斗室凭窗久，信步郊原衣怯单。

人拥伴，我无言，独将寂寞望春山。花红柳绿须时日，且看儿童放纸鸢。

玉楼春·客居

　　风高楼外声声咽，数点远灯明欲灭。梦回孤枕布衾凉，天晓乱山初覆雪。

　　人间又是西风烈，谁寄寒衣情最切。冰床待起忽闻鸦，清泪潸然长浸睫。

清平乐·端午

绿池芳草，占断天涯道。泽国竞舟飞短棹，北地游神舁轿。

酒边插柳情饶，望中风物多娇。禳祭自来成俗，登高还唱《离骚》！

送甥初赴碌曲阿拉乡参加工作（二首）

（一）

冬阳温暖送甥行，烟散疏林趁雪晴。
不识前程频问道，路人遥指一山明。

（二）

山环水绕沃田平，枯柳斜阳鸦乱鸣。
松柏雪冈常挺秀，云中更自望神鹰。

2009年12月

卖房移家别居对花

二月春风起，西园对角红。
绕枝殷勤早，去年蝶与蜂。
十载开复谢，馨香今更浓。
从此一杯酒，长忆是芳容。

2010年3月

偶 成

曾慕鸿鹄志，终愧雕龙技。
今思松间鹤，菊边觅酒诗。

2010 年 11 月

游张家界武陵源（新韵）

造化心太偏，情钟武陵源。

佳木生百亿，奇峰矗万千。

雨遮云中路，行人接踵旋。

面壁十年苦，他山悟道难。

此中一日游，愚夫亦成仙。

2010年11月

题张毅初中照，饮中回赠（新韵）

闲翻旧照偶见子，恍然如梦回昨世。

长夜同榻酣梦里，觉来君在高床我在地。

多少忧乐少年事，海角天涯每相忆。

春到涧边草又碧，年华似水星斗移。

今老矣，白首能题几行诗。

慢举杯，酡颜堪比少年时。

2011年3月

山中见鹊有感

山中何所见，喜鹊三五飞。
人稠花木少，朝市此鸟稀。

2012年10月

沽 酒

沽酒何处好，垂柳系画船。
五湖烟水阔，日夕棹歌还。

2012年11月

有愤言时事者，戏作劝之

不是个中人，莫说个中事。
闲时多开卷，此中有真意。
时风固可叹，古贤有知己。
晴日好郊游，雨天书矮纸。
兴来还把杯，桃花春风里。

2013 年 2 月

癸巳春节后作

行年逾半百，须发已全皤。
恨昔读书少，为文误字多。
逝者如斯夫，将赋归来歌。
余阴还当惜，十载待云何！

2013年2月

送长女赴武汉就学

从此往来江汉地，山遥水远总依依。
饥寒学业自谋好，勿把平安二字违。

2013年9月

初居金城

朝朝安步过平桥，塔影河声入碧霄。
滚滚长波流不尽，青山未老待人娇。

2013年10月

咏　蜂

蜂小嘤嘤辛苦旋，千红万紫任盘桓。
此身生就原因蜜，毁誉由人心自安。

2013 年 12 月

好事近·甲午除夕寄亲友

　　灯火万家明，今夕人间同乐。街巷香风弥漫，更
银河花落。

　　亲朋问讯信频传，祝福遥倾爵。儿女堂前欢笑，
看梅梢飞鹊。

2014年1月

冬日金城关桥头观黄河有感

万里黄河阔浪高，奔腾时欲作狂飙。
西风凛冽凝寒日，鸭戏清波玉带桥。

2014年1月

赵幼诚先生转赠《栗薪诗文选》，感呈

吾生不敏且来迟，未识仙容缘数奇。
今睹遗文鸿迹远，高明说与有心知。

2014年1月

参编《当代中华诗词集成·甘肃卷》得句

秋风入袖到高台，满眼岚光云锦开。
怀璧陇原人物盛，鸾章文采任镌裁。
庭前白雪因风起，天上黄河鼓浪来。
纂就新编思大雅，柳堤嫩绿远春回。

2014年3月

清　明

清明客里去看花，红杏纷纷灿若霞。
还惹离怀思故里，山风瑟瑟草抽芽。

2014 年 4 月

咏牡丹

春深共与百花香，华贵雍容领众芳。
本自品高随处好，去留无意笑女皇。

2014 年 5 月

杨贵妃

想是芙蓉想彩云，春风自在本天真。
奈何仁武唐天子，偏认卿卿是女神。
太液浴成滑玉脂，霓裳舞罢委泥尘。
谁怜曼妙随风去，依旧江山换主人。

2014 年 5 月

东乡采风十咏选五

（二）刘家峡库区风光

赤岸逶迤远黛横，驿亭波底失空蒙。
丝绸古道看今日，水似碧天桥似虹。

（五）泄湖峡

导水当年决塞壅，行山表木百川通。
泄湖峡口观崩浪，禹启河州第一功。

（六）县城灾后重建

山体滑坡月亮湾，大灾突降锁南塬。
悲心重铸移山志，山水画图成故园。

（八）东乡凤凰广场雨霁晨眺

仙境人间何处寻，蜃楼海市总传闻。
锁南塬上展新画，漫卷云涛幻亦真。

（十）东乡纵目

万岭千峰争向天，红瓦屋舍隐云间。
坦途百折盘山上，绿满川塬望梯田。

2014 年 7 月

黄校同学贺丽娟筹邀三十年聚会因故未与有寄

风雨仓皇三十年，天涯何处说辛艰。
行云无迹冥冥去，旧梦有痕隐隐还。
不识红裙入时样，数帧网上辨芳颜。
殷勤邀约同窗聚，无限夕阳忆碧山。

2014年8月

黄校同学聚会前夜，黄剑波电话致问，因赋此以寄

入夜铃声惊破梦，无眠辗转忆君容。
梁园一去孤鸿远，从此天涯不再逢。
目尽长空难觅影，身缘瘦水费行踪。
相思相见还相惜，还有斜阳千万峰。

2014 年 8 月

有感传统优秀诗文又渐受重视

家有传世宝，弃之如敝履。

艳羡人家好，趋附做人子。

依人俯仰老，可哀复可耻。

人有智才巧，切磋识表里。

家珍落尘垢，濯磨常新美。

高天黄土厚，浩荡江声起！

2014年9月

注：2014年9月10日，国家主席习近平视察北京师范大学时说，我很不赞成把古代经典诗词和散文从课本中去掉。我觉得去中国化是很悲哀的。这些诗词从小就嵌在学生们的脑子里，会成为终生的民族文化基因。

咏山菊

幽姿逸态共秋来，傍水临崖灼灼开。
霜里都夸颜色好，东篱怀抱远尘埃。

2014 年 9 月

档案局诸同事邀聚留别

风雨秋深又一年，俏容依旧笑灯前。
明朝白首仍归去，半忆桃花卧石泉。

2014 年 9 月

别家人

聚如朝露伴花香，谁倚斜阳生晚凉。

秋月春风常自在，但听深夜雨丝长。

2014 年 9 月

贪腐（二首）

（一）

贪如饕餮吞骨毛，百姓膏脂肥尔曹。
欺世奸谋终算尽，不知头顶皓天高。

（二）

天网恢恢何处逃，猖狂岂料有今遭！
逍遥窟里魂惊散，身辱家丧锁槛牢。

2014 年 12 月

寒假自兰返潭，经新通临合高速有题

蓝天雪岭傲穹苍，羌寨长林沐暖阳。
越谷穿山一箭快，冰河隐现蜿蜒长。
融融春意车窗净，心事悠悠还故乡。
缩地神行今日似，云程未及梦黄粱。

2015年1月

长　城

秦王扬虎视，一扫廓寰疆。
紫塞连云起，山河表里长。
巍巍回峻岭，莽莽走昆冈。
胜迹雄今古，风云壮八荒。

2015 年 5 月

风景旅游点（新韵）

天设山川大自然，千岩竞秀任流连。
开发能作私家物，一壑一丘但论钱。

2015 年 7 月

咏 荷

清风碧水舞罗裙，绿叶田田圆净匀。
听雨遮荫随暑夏，娉婷红白总宜人。

2015年7月

银川沙湖游

湖光浩荡映长天，苇巷深深柳燕前。
画舫风荷人样俊，有心长此伴鸥眠。

2015 年 7 月

初开微信致高中同窗

人生如参商，劳劳自奔忙。
昨夜一杯酒，今各天一方。
宝马为谁下，难停高速旁。
行行岁将暮，荏苒秋风凉。
儿女已长大，几家奉高堂。
路遥费马力，山鸟爱羽光。
白云无心起，高山流水长。

2015年8月

频闻小区鞭炮声

白天半夜炮声烈，盛世人家喜庆多。
心悸谁家怜老病，婴儿惊梦哭当歌。

2015 年 8 月

乙未立秋与永润等古战林小聚

草里梢间宿雨凉，疏林把酒慰思长。
漫推杯盏从容醉，云影天光共徜徉。

2015 年 8 月

乙未立秋后一日与李城等诸
友欢饮，骤雨忽至，旋又晴，
青山如洗，斜阳满山，遂题

高楼把酒逸兴长，意气相投醉万觞。
放眼千山天远大，霎时风雨霎斜阳。

2015 年 8 月

与玛曲县档案局原同事

兰台相遇忆华年，初识芳容小夏天。
灿烂格桑花一朵，黄河首曲影娟娟。

2015 年 8 月

偶　感

落花流水自悠悠，谁惹红尘恨与愁。
午梦醒来窗外望，闲云一段过山头。

2015 年 9 月

与吟友

只把吟哦抒怀抱，韵难谐口也伤神。
兴来写到情真处，原是暮春三五人。

2015 年 10 月

秋 怀

秋怀何所在，未见落花愁。
水碧长天远，山青炎景收。
丹枫山欲醉，瑶草露迟留。
万里霜风劲，一丛篱菊幽。

2015年10月

兰州金城关咏胜

势倚金城白塔山，黄河滚滚铁桥前。
丝绸西去驼铃路，白马东来浊浪船。
丹柱碧岩看不尽，回廊峻阁接无边。
昔时锁钥苍茫地，今日通衢万里天。

2015 年 11 月

叹麻雀

麻雀檐间常唧唧，自夸声妙自着迷。
不知红雀悠扬好，更有百灵云外啼。

2015 年 11 月

天斧沙宫采风（十首）

（一）天斧沙宫

丝路咽喉景色殊，沙宫天斧似神都。
天荒地老无人识，浓墨今朝入画图。

（二）初进龙凤峡

金城山外已繁华，天斧沙宫映赤霞。
恍若梦中临仙境，神仙到此也嗟呀！

（三）卧虎台

天开奇景最崔嵬，路口先看虎卧台。
必是峡中藏异宝，巴巴阿里怕还来。

(四) 龙凤峡远眺

层层沙堡碧云傍，何世何人弃大荒。
疑是史前天外客，曾于此处铸辉煌。

(五) 沙宫天阙

神庙仙楼无数重，瀛洲罗马一山容。
拱檐础柱麟麟立，万国风情别样浓。

(六) 绿洲枣园

黄沙万里几重天，忽见绿洲是枣园。
仆仆风尘人马困，清茶红枣复神元。

(七) 倚天剑

谁伴君行万里遥，天涯丝路倍辛劳。
山高水远风尘恶，一剑随身胆气豪。

(八) 兰泉驿

兰泉驿外驼铃声，丝路长亭歇一程。
不是汉唐行役客，游人如织酒旗横。

（九）藏经崖

赤崖迤逦与云齐，龛窟千门接栈梯。
石室藏经无数部，娑婆世界度情迷。

（十）龙凤峡

福地洞天甲一方，龙翔天宇凤朝阳。
高冈万仞渊千尺，百里丹霞尽瑞祥。

2015 年 11 月

乙未冬戏题藏头诗贺同事小杜新婚

红花带露一娇艾，霞帔霓裳新剪裁。
吉日良辰天卜定，祥云鸾凤落瑶台。

2015 年 12 月

途经长岭坡望朵山三题

（一）朵山玉笋

亭亭立山表，擎露自何年？
此地神仙会，应开玉笋筵。

（二）神龟

神龟踱岭冈，翘首望滇沧。
海浪何时返，痴痴问夕阳。

（三）石兔

独出广寒宫，苍茫化石峰。
嫦娥应太息，玉兔又无踪！

2015 年 12 月

返乡途遇花盛

一别三年无影踪，客途昨日竟相逢。
皑皑雪岭车窗外，寒意奈何情意浓。

2015 年 12 月

乙未腊月二十二晨雪

风里雪花年底忙，送寒复又送棉装。
灶君明日应官去，怎说人间短与长？

2016年1月

二〇一六年元旦

开年头一日，父病久难离。
奉药共相守，依床改旧诗。

2016年1月

尕海湖湿地

西倾遗净土，天外落明珠。
仙鹤自来去，翩翩舞镜湖。

2016年1月

则岔石林

松涛带石林，走兽伴飞禽。
一水天门出，泠泠送梵音。

2016年1月

春节过后（二首）

（一）

春风柳上吹，紫燕认巢飞。
儿女理行囊，迟迟将欲违。

（二）

一家人四口，分向三处行。
佳节暂相聚，终年千里情。

2016年2月

与妻小憩银川沙湖岸边小照

漫漫黄沙路，相携同远足。
天高路正长，暂歇从容处。

2016年2月

致初中同窗微群（二首）

（一）

一别同窗四十年，秋风已老旧时颜。
纯真模样心中在，说向微群忆等闲。

（二）

万里云山几度春，年华似水忆前尘。
年来又见桃花发，恰似朱颜梦里真。

2016年3月

赠微友

梦在天涯珠在怀，行藏未便说时乖。
应题彩笔春风句，不信年华土里埋。

2016年3月

金城春晨伫望

车流似梭织，岸柳弄新烟。
塔阁望云里，长河向日边。

2016 年 4 月

题友牡丹园所摄（二首）

（一）

红白娇如面，天香颜色新。
园林春正好，忙煞赏花人。

（二）

绿叶千层密，红花万朵香。
蝶蜂频问讯，不负好春光。

2016年5月

咏令箭荷花

凌波仙子容，笑向箭丛中。
别是女儿态，众芳谁与同。

2016年5月

平川诗歌朗诵会志感

细雨霏霏槐色青，陶都雅韵大河情。
金声壮采风涛涌，一阕听终热泪盈。

2016年5月

暮春黄河铁桥伫望

青山楼外楼，流水自悠悠。
桃李缤纷乱，柳丝旖旎柔。
风轻传丽曲，浪阔逐飞舟。
百代长桥在，丰碑宝塔留。

2016年5月

兰州市西固区诗词学会成立志贺

山川何壮丽，置戍几千秋。
古渡丝绸远，风烟蔬果稠。
石油资血脉，炉火照金流。
待把如椽笔，齐追太白讴。

2016年6月

七 月

七月甘南好，芳草遍天涯。
尽日浪山去，人多不在家。

2016年7月

丙申回乡

人情恋故乡，自古好称扬。
今我归来日，难闻咏爱棠。

2016 年 7 月

夏日合作至碌曲途中

茵茵碧色远连天，百草千花溪水湾。
大地芳华谁赐予，人心天意两相怜。

2016年7月

丙申夏武汉水灾（三首）

（一）

是谁凿破天河底，又见滔天洪水时。
曾说斥资为息壤，平安从此可当期。

（二）

九省通衢看海洋，天兵血肉做堤防。
校园楼下成湖泽，操艇男生送饭忙。

（三）

天灾幸有天兵救，莫问当初堤怎修。
战士和泥把馍啃，揪谁尽向虎豹投。

2016年7月

题诗友田头照

世事浮云演苍狗，潺湲溪水笑田头。
山间风月自家有，割罢青稞弄碧柔。

2016 年 8 月

阿万仓题照

云高天远野茫茫，溪水芳茵绕曲肠。
如见朴浑回太古，从今心往阿万仓。

2016 年 8 月

居兰州九州随感（三首）

（一）

夷平荒岭尽成楼，人力胜天何所忧。
未有园林添秀色，难觅百鸟唱枝头。

（二）

年来日见士民稠，百物应时辐集流。
抹九掀牛诚可乐，天天送日到西头。

（三）

朝难外出暮难归，为等公交情欲颓。
趟趟来回都挤爆，上班蚁族多悲催。

2016 年 8 月

碌曲锅庄舞

苍天碧野风为御，四海众仙携凤翥。
洮水扬波和韶钧，联翩彩羽来相助。
惊回玉帝急追询，天上人间归底处。

2016 年 8 月

兰州国槐

树树繁花开浅黄，风来未必弄幽香。
道旁巷里枝柯远，秋送虫声夏送凉。

2016 年 8 月

二〇一六年教师节作

万古无师如永夜，文明薪火待谁传？
经师难遇人师少，何世生徒最可怜。

2016 年 9 月

杜　甫

百年多病杜陵翁，未许路旁常哭穷。
遥接屈平长太息，衷肠不肯冷秋风。

2016年9月

九州夜观广场藏族舞

倩影华灯映月魂，新袍总换体称匀。
弯腰扬臂踏歌点，最数长眉那一人。

2016年9月

金城街边伫立

秋风初起意微凉，滚滚车流向何方。
百转人生无歇处，暂看槐树叶轻扬。

2016 年 9 月

合水采风行（十首）

（一）初到合水

巨壑众流碧，丘塬万木苍。
秋风犹未老，硕果正飘香。
直道秦皇远，红军大纛扬。
广场歌舞夜，风采逐星光。

（二）郭银峰艺术馆

何处桃源好，应寻梅寨乡。
名花韵高古，气脉意深长。
军旅人生早，真情翰墨香。
春风光与影，冰心寄梓桑。

（三）千年酸枣树

农舍短篱闲，固城公路前。
壮躯拂云顶，密叶发新妍。
一树无穷碧，实繁诱尺涎。
王戎讶珍果，老庄慕天年。

（四）千年古槐

虬枝高万丈，风雨历千年。
紫陌红尘外，窑头碧野巅。
南柯酣一梦，百姓足流连。
护稼民常祀，已成神与仙。

（五）翠峰山

侧径身随转，高低乘翠微。
枣红手堪摘，兔走雉长飞。
古庙苍松老，残碑往事稀。
神灵共山住，敬拜一香归。

（六）大山门生态休闲区

山青随岸远，水碧共天凉。
细浪浮舟壑，秋风散菊香。
临流想伊处，芦荻总苍苍。
濠上观鱼乐，会心千载长。

（七）陇东古石刻艺术博物馆

栋宇雕梁静，圣容何肃然。
读碑思妙义，拜像证初禅。
古象及灵塔，文明著史篇。
中华赞瑰宝，合水有承传。

（八）秦直道

登高子午岭，举目望天涯。
古道没林海，碧涛连太华。
秦关千里月，大漠九原沙。
功盛宁无德，子婴悲自枷！

（九）参观包家寨会议旧址感怀

举世黎民苦，谁将天道行？
歧途埋碧血，危局赖群英。
山下风云急，窑中方策成。
红旗向何处，北斗一灯明。

（十）黄河古象出土地

梦逐马莲河，千秋挽逝波。
蜿蜒韵无尽，婀娜舞还多。
古象出高岸，惊回黄土坡。
尘世万年劫，洪荒一曲歌。

2016年10月

与诸友新城小聚

东门一相见，情悦意飞扬。
谋面虽初识，知心已久长。
金杯传笑语，逸兴动诗肠。
临别殷勤约，秋高叶正黄。

2016年10月

回母校临潭一中图书馆查阅资料

素心今日似秋光，岁月悠悠深处藏。
无悔曾经多少事，年来最忆是书香。

2016年10月

咏洮砚

洮河绿石温如玉，天地钟灵九甸秋。
金錾黄标开剑气，助写文章第一流。

2016年10月

深秋冶力关途中

漫山秋叶紫烟霏，远去清溪送落晖。
衰柳苍松无限意，野鸥浮浪不时飞。

2016 年 11 月

听萨克斯《飘雪》乐曲

飞雪漫天恣意扬，人间是处最彷徨。
山川万里浑如许，一曲清歌百转肠。

2016 年 11 月

丙申小雪夜诗友上网群聊

木叶正萧萧，天阴雪欲飘。
微群多雅事，深夜竞诗潮。

2016年11月

望月感怀

新光碧宇流，冬夜伫高楼。
山岳知多重，天边问玉钩。

2016年12月

咏洮州历史人物（三首）

（一）唐西平郡王李晟

年少英雄敌万人，军前一箭取酋身。
复京弭叛安唐室，谁比千秋社稷臣。

（二）唐名将李愬

平淮雪夜建奇勋，缚得贼酋朝至尊。
家国千秋昭史册，关山戎马写梅魂。

（三）明洮州卫都指挥使李达

镇守洮州四十年，将军威德望岩然。
中茶纳马开农猎，更兴诗书卫学传。

2016年12月

冬至前夜自况（二首）

（一）

梦觉披衣斜坐久，孤灯千里转思家。
从今长夜行将短，想望来春共看花。

（二）

更尽出门何所见，寒星烁烁在天涯。
未阑夜色行人少，草里冰霜映月华。

2016 年 12 月

浣溪沙·丙申小寒重腊八夜金城抒怀

久客他乡未惯游，总无瑞雪报丰收，怅望新月又西流。

何日还来何日去，那人想念那人忧。谁家麦粥欠香稠？

2017 年 1 月

浣溪沙·新年

楼起云霄遮碧山，物流江海盛空前。万民熙攘到新年。

社鼓纸钱多似旧，新衣美食早非鲜。烟花天上扰神仙。

2017 年 1 月

题诗友客厅盆花两首

（一）吊兰

碧叶离离悬绿枝，幽情雅韵两相宜。
闲消此处半茶盏，胜驻繁华许多时。

（二）牵牛花

娇颜为报有心人，绿叶红花映宝盆。
几净窗明常做伴，吟诗饮酒送晨昏。

2017 年 1 月

二十三送灶爷

也见繁华也萧索，今宵祭灶思如何。
年年都报舌尖事，真假天庭知几多。

2017 年 1 月

腊月二十三返乡

年关看已近，挥手别金城。
白塔河声远，遥峰天际横。
鸦飞孤影绝，雪积寒山迎。
暮色洮州里，家家年味盈。

2017 年 1 月

丁酉正月初一

鸡唱新年第一声，春风万里启归程。
漫看洮水融冰雪，却待沧浪好远行。

2017 年 2 月

初三上坟有感

孝子同宗跪满坟，称名行辈认难真。
纸灰飞尽皆分散，又是平常陌路人。

2017年2月

丁酉正月十三诗协众友聚于旧城（二首）

（一）

雪化冰开又一年，千花万木待争妍。
高楼把酒春风里，满座良朋赋谪仙。

（二）

冰心一片叙衷肠，春日情怀入酒香。
快意人生何处有，河山知己梦诗乡。

2017年2月

郊口村广场

晨行随步河桥旁，初日疏林掩广场。
积雪净匀无屐响，枝头一鸟忽悠扬。

2017年3月

三八节赠群中女诗友

下得厨房上得堂，持家内外各周详。
夜深细读采莲赋，秋水伊人窈窕章。

2017年3月

惊蛰后凭窗

南国莺飞花烂漫，洮州满眼雪霏霏。
恨因惊蛰阴阴冷，人事春风总两违。

2017 年 3 月

三 月

南风雁字望晴峦，岂料雪飘惊蛰寒。
梦里芳踪清影杳，桃花未睹已春残。

2017年3月

与建强诸友

茶杯酒盏互相挥，为有诗情逸兴飞。
日恋西山来雅阁，华灯落尽不思归。

2017 年 4 月

洮州诗词协会成立即题

诗朋结社筑吟坛，意气相投说兴观。
杯酒殷勤三月暮，洮河从此涨波澜。

2017 年 4 月

贺洮州诗词协会成立

莫道春回此地迟，雪花漫舞咏新诗。
青松郁郁莲峰顶，洮水汤汤尕海湄。
五族融和风俗美，八方呼应雅声随。
一时人物同携手，共唱家园景色奇。

2017年4月

临潭县档案局迁馆有题

楼拆档封忽十年，张皇无措历三迁。
兰台人老斜阳外，陌上柳新流水前。
国计民生千秋事，尘埃故纸几春烟。
晴窗万卷今重理，兴废关情待续传。

2017年5月

春日有感

杨柳发新柔，轻风拂碧流。
乱蓬飞白首，不忍入明眸。

2017年5月

春 暮

雪尽时初夏，依依见柳丝。
春痕人影远，惟有几行诗。

2017 年 5 月

卓尼行

洮流枕碧山，衢岸柳如烟。
金寺峰坳里，苍松云岫前。
清音听天籁，福地羡鱼鸢。
暇日行何处，船城做散仙。

2017年5月

初夏过铁桥登白塔山

扶桥望白塔，次第耸层楼。
绿瓦云霓绕，藤萝山径幽。
黄河波浪静，碧树鸟声柔。
人事随时谢，江山永世留。

2017年5月

丁酉小满

归里虽时夏，阴寒地气凉。
柳杨才吐叶，行客急加裳。
云黑翻山岭，风吹冷脊梁。
禾苗难拔节，又怎灌初浆？

2017年5月

丁酉芒种

稼穑在洮州，终年一种收。
三春风雪促，五月露苗柔。
山地勤锄草，水田争浚沟。
青青望麦菽，布谷正声悠。

2017年6月

庙花山新村

云碧远山冈，天蓝冶海苍。
密林村外近，翠色舍边长。
青瓦农家乐，黄花油菜香。
昔时荒僻地，今作旅游乡。

2017 年 6 月

仲夏雨霁泉古沟随步

幼林新叶绿，细草杂花多。
雄雉高崖畔，飞鸣疾走过。
声声催麦熟，布谷唤寸禾。
初日才晞露，马兰开满坡。

2017年6月

夏日山行

数声啼鸟春花落，碧柳藏莺消夏长。
几转深山斜径曲，一枝红粉倚崖旁。

2017年6月

卓尼柳林镇

长流如带绕青山，翠柏群峰接碧天。
十万人家禅定寺，苍烟落照画楼前。

2017 年 6 月

登古雅山伫望

风摇花树满山香，云拂松林过远冈。
故垒残垣埋野草，天高地阔大河长。

2017年6月

夏　花

绿叶长相护，娇颜更胜春。
秋风明日起，谁是惜花人?

2017 年 7 月

夏晨登大坡山顶避暑

盛夏畏骄阳，人间无处藏。

青稞才出穗，坡草渐焦黄。

侧径通峰顶，孤云倚树旁。

清风常习习，剪剪燕轻翔。

2017 年 7 月

送长女参加工作赴青岛培训（二首）

（一）

细雨霏霏天转凉，今晨又到石桥旁。

云山万里女儿路，从此倚门思更长。

（二）

峰回路转有阴晴，游子天涯负囊行。

放眼江河云外岭，持身举步向宽平。

2017 年 7 月

贺甘肃省诗词学会成立三十六周年

陇原风雅古称宜，曾占诗坛第一枝。

三纪殷勤再回首，芳菲九畹挺兰姿。

2017年7月

七夕戏作

一世夫妻几世缘，鹊桥争渡倍相怜。
神仙眷属时时好，天上人间最怕单。

2017 年 8 月

读陈钟秀《味雪诗存》有感

世事苍黄命系丝，饱经丧乱说支离。
故乡故国云山渺，满腹辛酸一卷诗。

2017 年 8 月

与卓尼诸友小坐

窗外青山画阁人，清风入座酒濡唇。
笑言晏晏无时已，松影洮声倍觉真。

2017年8月

甘南吟（十首）

（一）临潭（二首）

卫城金殿阅沧桑，古道莲峰春意长。
梦里江南三月雨，秋风洮水塞云黄。

山川胜迹每登临，潭影星光总费寻。
千古兴衰多少事，冬来洮水见冰心。

（二）卓尼

众流如带绕千峰，宝刹深藏万壑松。
百代土司雄踞守，一从赤帜焕新容。

（三）迭部

迭山千里雪横空，腊子雄关几万重。
林海茫茫通净土，天兵行过入云峰。

（四）碌曲

洮河源远西倾麓，仙鹤来栖尕海湖。
郎木寺僧三万偈，白龙江水现真如。

（五）玛曲

西倾山外莽苍天，格萨英雄代代传。
斯土斯民谁眷顾，黄河回首永流连。

（六）舟曲

仙云缭绕千峰翠，藏地泉城毓秀灵。
联写柿红人酿酒，龙江照出影娉婷。

（七）夏河

雄峰峻岭土门关，漓水源头别有天。
八角城连青海草，佛都金寺出高贤。

（八）合作（二首）

巍峨佛阁九层明，辽阔美仁千里行。
百族翩跹同起舞，唐蕃古道起新城。

原莽羚羊失踪影，银河熠熠走仙人。
敝裘跣足曾何世，州府如今日日新。

2017年8月

拉卜楞寺（三首）

（一）

巍峨寺宇广连云，佛国庄严气象殷。
溪水梵声三界外，禅林隔岸隐相闻。

（二）

一水长流寺门前，今生前世几多年。
高僧坐殿传经籍，香象渡河证因缘。

（三）

经幡猎猎袅桑烟，十万呗声传梵天。
匍匐藏胞来膜拜，长头叩到佛身前。

2017年8月

尕海湖

芳草碧波连远空，羽翔鳞浪自融融。
西湖明月观渔港，尕海苍山乘鹤风。

2017年8月

同窗李文增等邀游博峪沟

心慕秋云似鹤闲，驱车幽壑碧崖间。
苍松蔽日流泉响，贪坐芳茵未肯还。

2017年8月

初秋山行

经春历夏总纷纶，万象走马幻也真。
毕竟繁华诚可待，斑斓秋色已迎人。

2017 年 8 月

榆中青城采风十首（选六）

（一）青城印象

青瓦青砖旧时院，花窗幽巷古楼前。
黄河环绕圃园柳，荷韵清风行满川。

（二）秋日午后观荷

无穷碧叶度秋凉，一霎风来翻夕阳。
红尽莲蓬仍有思，为谁归去梦留香。

（三）高氏祠堂

煌煌御匾耀高门，文武兼才励后昆。
一脉流长先德厚，慎终追远古风存。

（四）罗家大院

水榭在西坊在东，繁华满目旧痕中。
琐窗朱户伊人去，高阁紫烟望逝鸿。

（五）碑廊

雕梁画栋新，廊院净无尘。
肃肃古碑立，时时吊客询。
邈绵前代事，启惕后来人。
此地文明盛，史存金石珍。

（六）青城书院

橼瓦风檐苔晕幽，疏窗廊柱典教留。
旧碑照壁苍苍色，宏匾遗文赫赫猷。
功济民生启民智，当时人物实堪讴。
秋堂看到更深处，古韵青城传不休。

2017年9月

临潭一中建校七十周年感怀

卓立洮城七十年，教开雪域着先鞭。
凤凰山下闻鸡舞，桃李林中鼓瑟弦。
坐悦尊师行万里，走听高足诵千篇。
奠基磐石今犹在，文脉绵绵薪火传。

2017 年 9 月

一中校园今昔

龙楼高耸朗声吟，地洁窗明惟数今。
最忆当年何处好，难寻那片白杨林。

2017 年 9 月

题临潭一中旧正门

拱顶青砖朱漆存，幽幽古色古时门。
回眸校园深深处，多幸长留一缕魂。

2017 年 9 月

咏临潭二十四节气诗选（二十首）

小雪夜有嘲

不事农桑不牧羊，冬闲未便理仓箱。
更深不再读经史，为抢红包都特忙。

大　雪

冬深不见雪飞扬，瑞霭仙踪何处藏？
洁质莫非惧污甚，欲来尘世费思量。

冬　至

阳和天气胜春时，暖意融融别有思。
为问亲朋何所有，满盘水饺满怀诗。

大寒重小年

扫舍家家除旧尘，高香一炷敬灵神。
家家都卷玉葱饼，还拾心情迎早春。

丁酉立春

飒飒山风伴我行，八竜池上雪分明。
云舒四野长天碧，白草萋萋似有情。

雨　水

晨风犹冷午风柔，瑶草垂杨莫怅惘。
从此雪花成梦雨，循山转水鸟声幽。

惊　蛰

残雪尽消冰尽开，冬眠万物醒惊雷。
青衫换洗梳霜鬓，度岭春风今又来。

春　分

东岭西山雪未消，春分尚未涨春潮。
悬冰百丈苍松在，还谢天公赐景娇。

谷　雨

时雨春风逐夜长，藏鸦杨柳泛鹅黄。
平畴如砥酥膏软，金粒壤中深梦香。

立　夏

三春频见雪皑皑，窗外桃花久未开。
一夜雨声杨柳绿，忽看长夏漫山来。

夏　至

遍地浓荫暑夏长，檐前午梦熟黄粱。
惜阴还似春宵短，从此秋风也整装。

小　暑

一春风雪总无常，今日麦田犹未黄。
消暑思茶人傍柳，扬花出穗命禾忙。

大　暑

酷夏无云日更长，无声麻雀歇阴凉。
常思麦索和青豆，却见低稞肚里黄。

立　秋

伏雨沛然三两场，暑消田野绿围黄。
山风菽麦馨香远，人始挥镰云影旁。

处　暑

暑退千山收麦黄，金风渐起物华藏。
一年辛苦报秋愿，天道酬勤谢上苍。

白　露

青天明月几轮回，玉露金风重又来。
梦里千家拢秋实，有人颙望立楼台。

秋　分

霎雨霎风秋渐深，黄花落叶漫追寻。
霜林未必输春色，杯酒东篱望远岑。

寒　露

山川绚烂醉秋风，红树黄花露几重。
万木霜前看本色，盛装归去最从容。

霜　降

一载繁华时欲尽，白云黄叶逐风歌。
长天归鸟夕阳影，入梦秋山迎碧波。

立　冬

浓霜枯草两离离，村妇挥镰塄上迟。
农事尽收天转冷，翁姑火炕最相宜。

2016 年 11 月—2017 年 11 月

丙申小雪始，丁酉立冬止，历时一载，洮州诗协二十四节气随节吟咏活动告终，感题

当时兴会戏相言，消得沉沉夜色残。
冬去春来春又去，竟成风雅颂洮澜。

2017年11月

冬至夜戏题饺子

神州人尽知，老少所心仪。
口角带文绣，腹中藏宝奇。
终年皆可备，今夜更相宜。
才送一团下，丹田元气滋。

2017 年 12 月

西江月·冬夜寄内

日日相逢网上，算来多少华年。苦心觅韵费相传，长夜各尽辗转。

水远山遥难会，思深梦浅孤眠。凭窗相望数星寒，消得几分缱绻。

2018年1月

刘志汉翁捐赠洮州诗协明代诗碑

晨风飘雪出东门，不为送行催早身。
踏雪访碑寻故事，此间今见有心人。

2018 年 1 月

丁酉十一月廿九

纷纷暮雪漫天急，满眼山川着缟衣。

夜半灯幽寒彻骨，云深星杳梦魂微。

2018 年 1 月

旧宅与妻曝背

冬日天晴好负暄，暂移矮凳就檐前。
无风无事长相伴，软语低声说往年。

2018年1月

洮州文昌宫遗址怀古

殿毁钟亡碑亦失，神鸦衰草共荒垣。
春风马蹄曲星误，天丧斯文未可言。

2018年1月

冬晨踏雪

造化频年乖已久，春风夏雨总相违。
今朝欣见雪花舞，晨起轻盈走一回。

2018年1月

题高云车巴沟石门雪景照

雪落苍山岩岫远，小桥溪水浸冰痕。
松林茅舍空无主，此境寻来少俗人。

2018年1月

卓尼腊月二十六集

盈耳盈眸竞市潮，野珍日杂比山高。
蓝衫红甲锦腰带，窈窕还看三格毛。

2018 年 2 月

注：三格毛，三根辫子，卓尼、临潭觉
乃藏族妇女装扮，借以代指其人。

闻人夜间驾车携灯猎鹿捉雉

丛薄幼林渐长成，始看鹿走雉飞鸣。
山梁夜夜电光射，谁捉生灵尽作羹。

2018年2月

旧城东明山

魁阁巍巍耸碧霄，重檐宝殿起苍峤。
拂云绿树藏时鸟，出洞清泉润旱苗。
古邑东南萦紫气，浓荫里外访风谣。
青衿眷客各行早，还愿烧香挤过桥。

2018 年 2 月

与友寄感

自怀壮思望神州，白日青天好畅游。
展卷诗情飞醉墨，邀杯亲友爱高楼。
却开病眼迷妖雾，错付痴心结怨尤。
梦魇狰狞通鬼蜮，悬崖万丈猛回头。

2018年2月

戊戌二月初二日大雪有作

风柔二月柳轻摇，暗想芳春翠色招。
试水沙鸥浮浪稳，呼朋云雀和声娇。
新芽开眼惊窥圃，旧叶入泥勤护苗。
欲趁天晴访丘壑，封门终日雪飘飘。

2018 年 3 月

咏张掖兼贺甘州诗词学会二代会

大漠风云千古壮，长河落日昔苍凉。
金戈铁马弯弓月，丝路驼铃越汉唐。
山映丹霞成凤锦，雪融弱水出鱼粮。
脉通欧亚连南海，再赋中华臂掖张。

2018年3月

178

不 眠

中宵独醒再难眠，漫想此身浮世缘。
说剑学书皆是梦，荷锄耘豆更无田。
羞将明镜对华发，妄为亲朋说旧年。
困眼蒙眬方睡去，晨曦一缕透窗前。

2018年3月

上元日于洮城东门见驾皖字
牌照小货车铸锅匠人设摊

灯圆花灿好徜徉，千里行人往何方。
淮水岸边望月冷，洮州城下鼓炉忙。
先民襤褛开边地，洪武初时别凤阳。
路远哥来今欲问，当年或恐是同乡。

2018年3月

观赏李玉芳剪纸

一纸红嫣青眼惊，纤毫毕见尽肖形。
人工还比天工巧，到底心灵是手灵。

2018年3月

题李玉芳剪纸花中四君子

玉骨风神入画诗，裁红剪翠也相宜。
金刀宛转出生气，竹菊梅兰挺逸姿。

2018年3月

春

墙边庭院杏花红，杨柳门前摇软风。
残雪山间滋沃壤，近畴远野渐葱茏。

2018年4月

戊戌清明

垄头覆雪草迷离，钱纸飞扬追远思。
山也素衣天也泪，清明处处寄哀思。

2018 年 4 月

洮州诗词协会成立一周年题感

杏花细雨落阶前，杨柳新丝三月天。

最忆去年今日好，吟朋相许结诗缘。

2018 年 4 月

致黄校测量81班微群师友

青涩年华落汴梁，梦中回首断肝肠。
桌邻舍友今何在，海北天南各一方。
多幸尊师身尚健，愧从同砚意偏长。
尘途卅载朱颜改，但到相思遥祝觞。

2018年4月

黄校毕业三十四年后与班主任贾清亮老师视频通话

皓首和颜满面春，情留心底爱长存。
殷勤问我经年事，沧海浮云师谊真！

2018年4月

题黄校测量81班三十年聚会照

一去汴城三十年，少年心事水云闲。
红颜黑发依稀在，只道看山还是山。

2018年4月

"五一"期间，闻有白天鹅栖
于新城海眼，因题（三首）

（一）

洮州何处好，春日凤凰山。
仙鹤来天外，碧湖梳羽闲。

（二）

城郭趁晴岚，澄波倩影涵。
云间降仙子，信不负临潭。

（三）

青山绿水多，海眼漾清波。
但使人无扰，天鹅好放歌。

2018年5月

咏洮绣

彩丝耀眼色缤纷，花鸟鱼虫凤縠纹。
七夕乞来针线巧，鸳鸯绣枕碧窗云。

2018 年 5 月

夏日偶感

流水匆匆涨碧痕，几多风景乍看真。
无端心绪黄昏雨，春去落花却在身。

2018年5月

游慈云寺遇能广法师

红尘净土在身旁，此日虔心瞻佛堂。
幸遇上师说缘法，临行赠我妙金刚。

2018 年 5 月

旧宅有思

空园寂寂门虚闭，旧日庭柯更见长。
满地落花人去后，谁云阶下昔时香。

2018 年 5 月

初夏即景

千山转绿雨如烟，新柳鹅黄看路边。
园角梨花墙外杏，青枝小鸟觑人前。

2018年5月

初夏回乡途中即景（三首）

（一）过土门关

绿漫天地野花香，幼麦青青番妇忙。
大夏河宽翻激浪，山坡树荫卧牛羊。

（二）过合作

九层佛阁与云齐，辘辘经轮绕寺低。
松柏苍苍含秀色，斜围城郭隐山西。

（三）过完冒

溪水涓涓似线长，山根牛饮藏村旁。
高岗逶迤浑如许，清流常转嘛呢房。

2018年5月

咏蒲公英

每抱痴心待到春，地头园角见微身。
金花灿灿尤醒眼，翠叶离离最可人。
适口充餐兼作药，入肠祛病更提神。
根留故土魂常在，蓬走天涯香远尘。

2018年5月

二〇一八年"七一"采风行（九首）

（一）参观迭部茨日那毛泽东旧居

涛声不息白龙江，遥想马嘶传小窗。
飞檄交驰鞍未解，藏楼知客去安邦。

（二）"七一"瞻仰腊子口战役纪念碑

烽火烟消八十年，绝崖天险已非前。
丰碑今日任凭吊，莫忘初心永着鞭。

（三）舟曲生态文明小康村——巴藏乡各皂坝村

依山傍水绿荫稠，硕果满枝频碰头。
六尺巷中传礼让，石墙如镜信堪讴。

（四）舟曲生态文明小康村——曲瓦乡岭坝村

青石鳞鳞筑屋墙，压花村道转灯廊。
千条联说千家事，耕读声中岁月长。

（五）舟曲西街楹联文化街观感

松棚灯语几时传，溢彩流光今迈前。
阆苑仙人会心处，墨流妙韵醉佳联。

（六）参观舟曲泥石流灾害纪念馆

劫后亲人不忍看，毒龙出窟绝尘寰。
九州挥血凝山岳，挽手八方终克艰。

（七）敬和舟曲韩吉祥先生

画里泉城锦绣裁，花遮柳护胜瑶台。
地灵更有春风面，常觉宜人煦煦来。

（八）参观哈达铺红军旧址

矮巷低檐旧时样，斑斑陈迹费思量。
油灯小报漏天意，从此长征有星航。

（九）参观新城苏维埃旧址

长征万里万般艰，饮雪卧冰鏖战酣。
踏破天涯荆棘路，高擎赤帜到临潭。

2018 年 7 月

游扎尕那

桃源何处古风存，峭壁插天围藏村。
翠柏葱茏连板屋，白云缭绕走仙魂。
碧溪石镜留清影，商队牛帮有旧痕。
盛世今多高尚士，豪车络绎入山门。

2018年7月

迭部采风忆游扎尕那寄忠平何兄

匆匆那夜宿芳州，五彩霓虹映碧楼。
初面诗朋来见访，满天星斗去难留。
云间鸟道羌村古，山里神仙故事稠。
临别殷勤一挥手，迭山洮水两悠悠。

2018 年 7 月

游大沟池

约伴往深山，携壶过几弯。
开樽池畔坐，纵目岫云间。
花草冲风茂，牛羊饮水闲。
浮生重一日，酒尽乘兴还。

2018 年 7 月

久雨初晴，与胡憬新、王林平游八竜池

登山举目见鹰翔，草茂花低冈阜长。
云映流波千古在，人旋走马一时忙。
春兰已在风中谢，夏麦不堪阴里黄。
指点龙池辨龙脉，闲来此地说兴亡。

2018 年 7 月

立秋晨题二首

（一）

见说夕阳好，人生几度秋。
青山不曾老，镜里怯霜头。

（二）

又是秋风起，犹应记翠裙。
醉里相媚好，醒来不见君。

2018年8月

街 头

秋风驱暑送清凉，婀娜裙裾微起扬。
款款街头闲步远，幽幽一段胜兰香。

2018 年 9 月

题诗友园菊照

谁家闲院菊花开，几片嫣红相倚偎。
幽径栏边常独赏，主人不愿惹尘埃。

2018 年 9 月

白露登西凤山

缓步上山岗，秋风习习凉。
贞松犹耸翠，野菊正传香。
穿径蛇钻草，投林鸟过梁。
黄云碧天远，风物动衷肠。

2018 年 9 月

重阳登高

百草已呈黄，生如流水逐。

登高一径旋，眺远千山肃。

尽见野田收，还祈新酿熟。

繁花竞谢霜，从今偏爱菊。

2018 年 10 月

忆游店子王清洞

山崖生古洞，为问自何年。
代远事幽邈，村荒人少传。
数楹余础浅，残寺半空悬。
溪水涓涓去，因风怀昔贤。

2018 年 10 月

参加临潭大讲堂诗词文化讲座题感

寒夜微茫何所求，星光遥映见山楼。
诗中情意远方梦，灯火万家盈眼眸。

2018 年 10 月

山行随吟

山道弯弯草渐黄，风清云白碧天长。
独行随手拾红叶，欲把寸衷分瓣香。

2018 年 10 月

又登古雅山

长河如带向东流，常绕青山未计愁。
草木有心知节令，红花黄叶各春秋。

2018 年 10 月

碌曲郭莽湿地

纵目苍原如碧天，丘低草阔远无边。
明眸众水云围绕，肺腑一空轻似烟。

2018 年 10 月

力赛小村

秋来力赛沟，黄叶漫山头。
岭上阴云重，阶前翠柏幽。
土司遗像在，别墅旧居休。
村外田畦绿，一湾洮水流。

2018年10月

重阳后一日游兰州植物园试作六言绝句

秋来不必悲凉，免却炎炎夏阳。
别有平湖碧柳，盈眸霜里芬芳。

2018 年 10 月

同窗永润兄招饮

飞雪漫天扬，嘉朋会玉堂。
主人开桂酒，巧妇进羹汤。
牌押待神助，运无徒自忙。
皆知此中理，互劝共挥觞。

2018 年 11 月

长相思

百花香，流水长。古往今来细打量。人因何事忙。
望斜阳，万山苍。休说壶中日月长。乾坤大道藏。

2018 年 11 月

十六字令·新城海眼（三阕）

潭。水碧山青天色蓝。斜阳下，杨柳影淡淡。
潭。月落城头村外庵。牵丝井，波漾杏花衫。
潭。曾见惊鸿照影酣。凌波起，渺渺逝烟岚。

2018年11月

忆江南

何处好，形胜数东南。花漫莲峰飘冶海，水流珠玉浣罗衫。能不说临潭。

2018 年 11 月

浣溪沙·新城一瞥

　　环岭烽台胜迹留，丰碑衢陌证千秋。今人不管古人忧。

　　城上牛羊闲觅草，街边商贾起新楼。声声吆喝响云头。

2018 年 11 月

菩萨蛮·鸿

鸿飞万里曾回首，故园晴雪相思久。山水画屏开，城郭眼中来。

影望明月地，情切偏难寄。招手是行云，目穷应断魂。

2018 年 11 月

偶　作

疏窗一孔透晨曦，独品清茗心想诗。
楼外跫音声渐起，从容濡墨试新题。

2018年12月

观诗词美篇

江山花柳万般娇，仙乐飘飘醉九韶。
肺腑文章层叠出，闲来卧赏自陶陶。

2018 年 12 月

岁末偶题

昨日已归零，惟余诗酒情。
携杖溪山好，落日晚霞明。

2018 年 12 月

长相思

来有由，去有由，各有因缘前世修。无缘不聚头。
醉何求，醒何求，槛外丁香空结愁。花飞任水流。

2018 年 12 月

长相思·冬日重游总寨
西番沟再寻昔人题墨处

风如歌，水如歌，白马庙前重又过。神仙故事多。

林满坡，雪满坡，斜径危崖山曲阿。素心人若何！

2018年12月

忆江南·岁末同窗小酌

哥俩好，一晃许多年。岁月无情添白发，金杯有
意续从前。相遇总开颜。

2018年12月

冬过菜子沟唐冢有怀

枯杨衰草两萋萋，孤冢千年谁咏题。
半塌土崖凭指点，群栖鸦雀任交啼。
衣冠流落竟何在，祖德纷纶长是谜。
社稷功勋传史册，寒山寂寂伴清溪。

2019年1月

冬　雪

白雪飘飘自降临，晶莹万里是冰心。
锦裘娇客原无识，常向西风作苦吟。

2019年1月

有感法国藏敦煌遗书
数字版副本回赠中国

百年困顿说娑婆，瀚海流沙度劫波。
天地轮回几翻覆，神州处处长新柯。

2019 年 1 月

冬日重游慈云寺

斋堂几净沐晨光，玉粒晶莹碧叶长。
饭罢风轻人悄悄，细听方丈说殊祥。

2019年1月

咏洮砚

洮砚出洮州，千年世所讴。
今因名与利，争说故山丘。

2019年1月

忆临潭元宵万人拔河

碧空满月清光溢，长街鼎沸霓虹密。
号令一声人如潮，虎啸龙吟狂飙急。
九霄动摇王母惊，排山倒海鬼神泣。
霸王举鼎奈若何，鲁阳挥戈嗟何及。
十五万人齐努力，星月倒转天回日！

2019年2月

岁末理发有题

纷纷白雪谢瑶台，革面从头又一回。
燕觅故巢杨柳绿，去年青鬓未重来。

2019年2月

兰垣陪全宁与粮校同窗小聚又别

春风渐引柳丝长，几树桃红放怒香。
过眼滔滔浪千迭，罗裙潘鬓惜流光。

2019年3月

闲 吟

春风几上柳枝头，野鸭河边结伴游。
存想年年鸥鹭约，青天月色又如钩。

2019 年 3 月

客厅盆中竹节海棠

芄芄斑叶遮花红，墨绿箭竿冲紫穹。
头到屋梁无出处，弯腰自顾碧无穷。

2019年3月

有　题

眼看三月暮春归，未见梅开紫燕回。
尽是骚人强作赋，空描碧柳舞芳菲。

2019 年 4 月

临潭县档案馆征集资料有感

故国典文何处求，残编几卷勉存留。
一丝一缕足堪惜，只字片言须细搜。
众手拾柴添旺火，千狐集腋制轻裘。
兰台宝藏传青史，鉴古察今弘远猷。

2019年4月

初随单位到帮扶村马旦沟
遇同窗王辉宇君（四首）

（一）

残雪渐融正暮春，半坡杨柳绕山村。
趋前欲问生民计，未料支书是故人。

（二）

依稀仍是当年样，已少昂昂挺拔身。
眉似迭山云上锁，脱贫重任费精神。

（三）

门对青山迎碧云，庭阶常扫净无尘。
窗明炕暖沏茶盏，话最牵心是脱贫。

（四）

山溪流过百家旁，送走打工多少郎。
村貌半新还半旧，人心都为脱贫忙。

2019 年 4 月

随文化进校园活动到母校临潭一中

未做微商与电商，半休何事又重忙。
求名求利原无计，偶寄诗心往学堂。

2019年4月

242

晚归偶题

屋后房前尽是花，不知今日到谁家。
杏红梨白如人面，力赛村中漫品茶。

2019 年 4 月

古战肖家湾植树

春风轻拂荡山川，笑语盈盈遥送传。
翠绿松苗遍云岭，碧涛盈野望他年。

2019 年 5 月

夏晴八竜池上行

花似白云云似花，蓝天碧草岭边斜。
山风山雀高低和，此处原来是我家。

2019 年 5 月

游定西西岩寺

东山紫气西山柏，日夕闲寻古寺来。
才到门前松影下，花香一缕忽心开。

2019 年 5 月

新城文昌宫遗址凭吊

残垣断瓦吊流年，谁筑龙宫谁种田。
还问沉浮谁做主，春来碧草远连天。

2019年5月

和岷县刘文珂君《夏雨》

霏霏细雨总朦胧，晓觉迷离思梦中。
常念蓬山无限远，刘郎有幸遇灵风。

2019年6月

题掌中野莓

纤纤玉指秀玲珑，青涩草莓看掌中。
啜露餐霞待时日，擎盘初献惜殷红。

2019年6月

有 感

人生何处不癫狂，迷幻红尘费主张。
耳目果能辨声色，好恶原为试心肠。

2019年8月

夏末暇日

郊原草色转苍黄，柳下风来微觉凉。
云白天青越今古，春迟秋早数人忙。

2019 年 8 月

题诗友业余自制碑拓

贞石书丹焕彩章，斯文此地也流长。
雕龙绘凤先贤志，幸有后昆传郁芳。

2019 年 9 月

题临潭民间古旧楹联匾牌

曾映绣帘悬柱梁，细听燕子说兴亡。
痕深年远影斑驳，洮水人家诗韵长。

2019年10月

晚　秋

书山常卧游，雨夜听深秋。
雁字天涯远，仲宣懒下楼。

2019 年 10 月

金城水上亭伫望

远山横黛色，碧宇耸银楼。
纵目云天外，黄河浩荡流。

2019年10月

临潭西路尕娘娘

西路尕娘娘，兰衫窈窕妆。
银簪鬓花贴，云发柳眉长。
铛碗链耳坠，靧容巾帕藏。
窗前走针线，莫说本无郎。

2019年10月

二〇一九年初冬于金城送人

挥手作辞大河畔，落霞孤鹜恰成双。
烟收云散人归后，峻阁星临月照窗。

2019 年 11 月

随 感

有闲时读圣贤书，始觉从前无是处。
将袖揎拳争道行，何如天阔云来去。

2019 年 11 月

谒范绳武先生德教碑

碑文历历对青山，化雨春风仰大贤。
浮世何从寻绛帐，我来已是百多年。

2019 年 11 月

聚　散

今日同窗来访，举杯话短话长。
浮生一段光影，临别依依路旁。

2019 年 12 月

题诗友照

天铺锦绣地铺霞，四季斑斓姹紫花。
谁慕武陵仙女邈，小故居处在羊沙。

2019 年 12 月

羊 沙

羊沙有山水，万木更葱茏。
姹紫嫣红色，高冈明月风。
淙淙听秘境，袅袅望晴空。
屋舍平畴近，放怀天籁中。

2019年12月

岁暮过故宅

萧瑟枯杨挽岁华，城头落日乱喧鸦。
今朝又作东门别，怅望凤山云底家。

2019年12月

七律·临潭十二景（十二首）

（一）峰茸秀

碧落莲台望九重，银河新浴出娇容。
飞梁金顶映晴日，访道青崖留赤松。
花海人潮歌起伏，梵声云影鸟吟从。
仙凡共住洞天地，原是洮州第一峰。

（二）冶海冰图

高峡平湖此为奇，冰图万状胜瑶池。
山川花鸟同呈态，杨柳楼台各有姿。
本是严寒萧瑟处，偏惊造化陆离时。
一瓢灵气沧溟水，冬露峥嵘世莫疑。

（三）十里睡佛

青山十里仰看真，冶木河边现佛身。
夏雨秋风松竹影，落花流水烟柳尘。
祥云轻抚千年月，慈目还看几劫人。
宝相庄严天地近，万方仪态世无伦。

（四）冶峡画廊

一溪奔快汇清流，万壑千岩百转幽。
倚壁长松入霄汉，翔空高鸟恋芳洲。
四时苍翠荣终岁，一季斑斓绚晚秋。
窥谷望峰常忘返，时人行过每神游。

（五）卫城金殿

势如卧虎与盘龙，日照月临经有年。
元祖平滇曾驻跸，明王设卫可安边。
西来洮水看飞浪，北上英雄争着鞭。
世事悠悠今望眼，白云飘过凤山前。

（六）朵山玉笋

亭亭玉立守苍山，铁骨崚嶒许补天。
料是此身应有益，岂知彼世却无缘。
天荒地老还难弃，日落月升相与传。
岁岁端阳闻社鼓，洮州城外共风烟。

（七）石门金锁

青峰云树望嵯峨，锁住洮流浪几多。
自是峡深藏古寺，曾因地险扰干戈。
千寻堤坝金汤固，万顷湖光鱼鸟歌。
昔日荒村魂欲断，今从夕影钓烟波。

（八）侯显故里

每过平川望眼开，白墙金寺坐山隈。
清溪红堡萦桃李，翠柏碧云遮宝台。
浪静南洋通国好，雪漫西藏接僧回。
功成身退思方外，大愿遂弘故里来。

（九） 迭山横雪

迭山亘古矗云霄，势倚昆仑天际遥。
万里星光明易灭，千秋雪色积难消。
白云远接秦和陇，碧水平分迭与洮。
世外桃源无觅处，石城绝景引人潮。

（十） 洮水流珠

西倾洮水阅奇传，冬日流珠颗颗圆。
一片冰心千里路，万重云岭九层渊。
前生明月昆仑玉，今世蓝田沧海烟。
临岸观澜应有术，方波曲折媚山川。

（十一） 鹿沟叠翠

洮水西来第几湾，桃源寻觅到阴山。
苍松林海连天际，绿野麦田围谷间。
石润清溪饶宛转，风轻黄鸟尽绵蛮。
碧岑深处歌声渺，花草自香云自闲。

（十二）古堡斜晖

辽西万里度洮西，吐谷浑王征鼓鼙。
已逝英雄云梦远，惟存古堡夕阳低。
金戈铁马河山壮，秋月春风花鸟啼。
沧海桑田城郭下，千家刍牧共扶犁。

2020年1月

无　题

沉沉大海九天遥，消息无闻奈寂寥。
心底殷勤存一念，秋风扫尽已萧萧。

2020年1月

抗肺疫（三首）

（一）

宅居终日闭重门，急避瘟魔遁此身。
冒死逆行谁斩鬼，英雄儿女白衣人。

（二）

疠风黑浪搅今春，九域惊魂险坠沦。
沧海横流看本色，救民救国是仁人。

（三）

说病医生遭约谈，聊斋故事欲何堪。
横行鬼魅仰天笑，我哭斯民好儿男。

2020年2月

玉楼春·防控肺疫

　　神州方庆新春节，舞彩流光情倍悦。忽封楼馆更封城，九省通衢瘟疫烈。

　　万家守户民心切，万众控防忙未歇。英雄出手欲擒魔，天使天兵行虎穴。

2020 年 2 月

蝶恋花·庚子岁首

　　春意迟迟寒料峭，残雪斑斑，不见青青草。绮陌垄边人影少，枝头难觅啼春鸟。

　　东君纵被瘟神扰，步履蹒跚，必也终来到。星转斗移冬尽了，桃红柳绿春光好。

2020 年 2 月

蝶恋花·庚子宅居有思

　　山上桃花河畔柳，燕子春风，相约清明后。绿树碧云年年有，人间几度曾依旧？

　　黄鹤楼边人苦久，万里神州，都禁呼亲友。他日出门携杖走，诗成不负江山秀。

2020 年 2 月

朝中措·春雪

　　高楼伫倚望春风，渐渐树芽红。欲理单衫便帽，趁晴闲踏葱茏。

　　谁知昨夜，纷纷雪落，山失真容。待到明朝新霁，更见枝头花浓。

2020年2月

术布九眼泉

山出琼浆落碧崖，凝阴冬日作凌花。
夏风吹过洮河岸，坐享太和烹玉茶。

2020年3月

纪念袁第锐先生（四首）

（一）

当时馨欬不曾闻，就里因缘叹少分。
白日每听遗韵事，灯前叹赏拜奇文。

（二）

诗联文赋金针度，一自谆谆后返真。
今日春风吹陇上，先生衣钵有传人。

（三）

公赴瑶台已十年，盛名在世胜从前。
怡园诗稿留评注，桃李三千有后贤。

(四)

高贤硕德颂公诗，倩领陇原擎大旗。
功勒千秋人去后，黄河白塔两依依。

2020 年 4 月

题友近日乡村摄影

杏花满目乱纷纷，遮掩残垣破屋痕。
正是清明雪晴后，牵骡老妇过田根。

2020 年 4 月

旧城望楼

鳞次危楼冲碧霄，一年更比一年高。
雄才争把星辰摘，谁造头名金土豪。

2020 年 4 月

临潭乡镇吟（三十六首）

城关今昔

古郡残垣无影踪，新楼林列竞霓虹。
曾据陇右唐番道，货走八方商贾雄。

新城镇

卫城雄峙古洮州，江左衣冠明代留。
十日一营绕集市，万家端午异神游。

王旗镇

群山错列倚洮流，烟远雨稀人物稠。
饿马摇铃传古事，磨沟遗址载千秋。

忆王旗

挥手作辞忽廿年，照山风景更当妍。
甜酸往事成一笑，聊把心情书短笺。

冶力关镇

（一）将军崖
将军睡佛共一峰，风烟落照变身容。
万方仪态凝目处，冶木河声响万重。

（二）姊妹峰
亭亭并立倍相亲，碧玉仙姿隐谷深。
惯看落霞听万籁，清风明月绝纤尘。

（三）恶泉
洞生深峡行云壁，万古悬河露海堤。
名是恶泉猜未透，山神故事总成谜。

（四）赤壁幽谷
十里丹崖开画境，峰峦列队竞相迎。
天荒地老留神迹，幽谷仙灵别有情。

羊永镇

（一）响水泉
响水坡前听响泉，声从地底透山传。
清流滋润一方土，时享太平人永年。

（二）羊永至太平寨道上
春风初日淡烟微，乡路寂寥人影稀。
举目川原田野旷，农家两三种当归。

洮滨镇

洮河大桥
苍烟古渡逝秋风，今日安澜桥似虹。
春雨杏花邀对酒，不愁水涨阻归翁。

八角镇

绿水青山添锦绣，花光盈野水翔鱼。
春风十里千家乐，金谷豪奢信不如。

古战镇

冬日磨沟随步

小河十里绕山丘，冰未全封缓缓流。
宛转清波春尚远，已看野鸭作闲游。

流顺镇

绿柳还垂红堡旁，侯家寺下锦川长。
雨过初夏晴风暖，先把农家麦索尝。

石门乡

鸦儿山

迢遥一径入云长，祝氏山村世外藏。
但望孤峰接银汉，曾经高士卧松旁。

长川乡

（一）长川走笔

一带长川连广畴，梯田直上白云头。
秋来粒粒粮仓满，何惧霜杀冻死油。

（二）长川得名有咏

红尘难披是袈裟，漫说当年常喇嘛。
弘法结缘来此地，乡人可见佛拈花。

（三）火焰口怀古

强梁世道乱纷纷，谁犯地名堪忍闻。
振臂一呼成壮烈，殉民今吊柴将军。

店子镇

王清洞即景

丹崖古洞小溪前，绿树白云望碧天。
山鸟轻风听软语，何人吟咏过村边。

羊沙乡

（一）

峰回路转碧溪流，村傍长林处处幽。
沃野田畦夕烟里，花香常伴鸟声柔。

（二）

长岭漫漫大岭高，名山南北锁云涛。
柴门篱落市朝远，一水东流终入洮。

（三）

堡子沟深走几宵，松柴桦木照天烧。
星寒月冷驱风雪，忽忆当年背炭窑。

（四）

北出洮城走天涯，万岭迢迢迎曙霞。
斜照山头余两柝，满袍尘落歇羊沙。

三岔乡

（一）

十八龙神故事长，俱从洪武效疆场。
谁知三岔村头庙，别供宋臣杨四郎。

（二）

昔时孔道接岷洮，黑岭乔松一望遥。
青石古碑犹可证，新塘湾里有虹桥。

（三）

当年村老捧冰糖，香案恭迎乞颉刚。
今日云楼联网络，文翁子弟路仍长。

术布乡

（一）

青山绿水护平畴，夕影炊烟岁月流。
风里花香飘两岸，白云过处落闲鸥。

（二）

村里广场花圃平，彩钢砖屋暖廊明。
冬窗卧眺千山雪，夏荫松边听鸟鸣。

（三）

祥袄西装时兴穿，长身博拉步翩翩。
耘田挤奶善歌舞，人道藏家儿女贤。

（四）

洮河到此绕芳洲，白露兼葭薄雾幽。
隔岸迷离桃叶渡，时闻深树鸟啾啾。

（五）鹿儿沟

苍天古木拂云行，百草千花众鸟鸣。
人住山间松荫下，风吹幡动碧溪迎。

（六）术布吊桥

花谢花开逐水流，照波倩影总悠悠。
青山常在行人老，梦里惊鸿几度秋。

卓洛乡

（一）

地远天高放眼宽，碧茵无际接云端。
春风花鸟总相识，一曲牧歌同烂漫。

（二）

三族连枝斜藏川，阴晴相伴月同圆。
清风击壤承时雨，守望斯乡祈有年。

（三）卓洛刺绣

回族阿娘善女红，飞针走线燕穿风。

绣花鞋垫裙巾上，彩蝶扑帘寻梦丛。

（四）卓洛窝奶子

酸甜娇嫩玉脂香，爽口宜眠润胃肠。

夏啜半瓯驱暑气，清风柳下说羲皇。

2015年12月—2020年4月

七绝·临潭十二景（十二首）

（一）莲峰茸秀

青峰秀出重霄外，九瓣莲开王母台。
百里洮州形胜地，曾看仙驾彩云来。

（二）冶海冰图

天高地迥八荒外，亿万斯年三界行。
阿母何时遗宝镜，瑶池景象太峥嵘。

（三）十里睡佛

璎珞头盔俏十分，青山似佛似将军。
身横天际岚烟远，长枕碧流望白云。

（四）冶峡画廊

山回水转竹溪幽，百里翠峰云尽头。
千尺苍松横绝壁，春花秋叶梦中留。

（五）卫城金殿

城若苍龙低复昂，连川越岭绕边荒。
元戎勒马开金殿，万户炊烟度夕阳。

（六）朵山玉笋

擎天立地一金刚，荒岭雄姿阅浩茫。
纵令错将芦笋比，自成风景自昂藏。

（七）石门金锁

天设石门千万秋，洮河浪急昔人愁。
今朝金锁悬高坝，波润陇原三五州。

（八）侯显故里

玉带长流高岭前，真僧开寺在何年。
西洋卫藏功成日，王使归乡住梵天。

(九) 洮水流珠

颗颗冰心润玉姿，凌波涌浪出龙池。
冰天雪地物华少，洮水平添景色奇。

(十) 鹿沟叠翠

树树繁花自烂漫，调音红雀也关关。
番装农妇正耘草，绿水青山云往还。

(十一) 迭山横雪

千峰万岭势峥嵘，遥望南天起石城。
雪映白云浑一线，春风到此枉多情。

(十二) 古堡斜晖

烟雨微茫吐谷浑，洮阳古戍迹犹存。
阿豺折箭留余梦，落日山头望断魂。

2020 年 5 月

戏题诗友照

陌上杏花乱碧空，少年闲步醉香风。
只因茶镜色相碍，误把浅红当紫红。

2020年5月

晴眺迭山

南望迭山千里远，白云天阙雪中开。
仙城今日阿谁在，可有春风送过来。

2020 年 5 月

经恰盖赴冶力关采风途中

北山云白北山河，自驾轻轮一路歌。
山鸟山花常自在，故乡故事待收罗。

2020年6月

游天池牡丹园遇主人肖国华老人

金谷诱人来采风，牡丹园在半山中。
天香飘处尘埃远，惟见花仙得道翁。

2020 年 6 月

夏 日

我向青山去，鸟从云外来。
天高流水远，遍野百花开。

2020年6月

咏石权

顽石似冥冥，通灵原有情。
作权衡大小，量物总端平。
本自无私念，从公有实名。
虽然今弃用，犹可警操行。

2020 年 6 月

隐括《幽梦影》成句

生逢世太平，幸有湖山屋。
家计复无忧，妻贤儿女淑。
更兼官长廉，始可称全福。
试问路边人，于今几分足？

2020年6月

与卓尼吴世龙主任、碌曲敏彦萍主任

白驹过隙欲何求，随处稻粱任自谋。
时会因缘编史志，政存得失考源流。
是非成败万家事，褒贬抑扬一字由。
未必风华余晓梦，名山应可证千秋。

2020 年 6 月

临卓咏

洮流出西倾，两岸景缤纷。

卓尼看山水，临潭品人文。

泉清飞瀑练，壑深望松云。

幽径花池柳，曲桥桃李村。

小姑居几载，长辫别三根。

临卓常连称，乡音乡俗纯。

诗风流韵久，佛寺美名闻。

道契每忠厚，天然或率真。

故亲多百姓，融洽胜比邻。

洮州原一体，建置合分频。

2020 年 6 月

回老屋

园荒久不到，乱草比人长。

豆苗稀还短，刺芥森如枪。

牡丹已凋谢，芍药独幽香。

剩有红莓影，叶底怯怯藏。

檐朽瓦坠地，雨密风侵墙。

寂寂春又夏，蜂蝶何曾忙？

花落送啼鸟，李熟谁来尝？

梦里人不见，思之魄飞扬。

2020 年 7 月

寇小莱德教碑歌

洮州举子寇辅堂，已归道山百年长。
故宅城内余旧址，凤山脚下隍庙旁。
先生振铎弘圣学，积石莲峰映碧苍。
当时教泽即远播，河洮弟子列门墙。
及门高足作鸣凤，黼黻锦绣著文章。
后起时贤叙函丈，勒碑欲教垂德光。
叹今断碑仆蒿草，新楼巍巍肯构堂。
署序典司别具眼，虚与委蛇言堂皇。
已矣焉哉俱不识，文采贞珉陷沦亡！

2020 年 7 月

新晴又雨

秋山红叶邀，明日好登高。
一夜敲窗雨，晨兴对浊醪。

夏游红崖村公园（二首）

（一）

云白山清菽麦香，溪流宛转绕村旁。
花遮柳护隐亭角，啼鸟浓荫闲弄簧。

（二）

莺啭柳荫幽径长，儿童竹马荡桥忙。
花裙皓腕车厨净，凉粉酿皮任尔尝。

2020 年 7 月

题红崖紫云寺

山花烂漫燕群翔，古寺悬崖影半藏。
劫后莲台灰烬在，门前流水送斜阳。

2020 年 7 月

临潭山蔬十题

（一）狼肚菌

无叶复无花，微躯貌未嘉。
匿身山野畔，瑶席客思她。

（二）鹿角菜

林间松石旁，仙迹最轻狂。
不是素心者，焉能共桌旁。

（三）蕨菜

初夏南山里，迎风蕨渐长。
村姑折盈掬，带露售人尝。

（四）苦苦菜

种前收获后，田里铲盈筐。
咬得根和叶，充饥疗病肠。

（五）马银菜

柔风拂草岗，碧叶一何长。
但做农家味，腹中留异香。

（六）柳花菜

托迹柳枝身，经年惜别真。
玉盘盛碧色，足慰远行人。

（七）乌龙头

夏来寻嫩叶，往采灌丛中。
刺茎枝头上，妖娆绿紫红。

（八）蕨麻

春风三月天，秧发坡垄边。
掘得人参果，人人皆可仙。

（九）地软儿

雪晴枯草间，黝色胖螺眠。
小妹拾来洗，小笼包味鲜。

（十）蒲公英

扎根泥土里，逸思寄天涯。
何计肥和瘠，随风处处家。

2020年8月

秋后随感（二首）

（一）

秋雨绵绵秋意浓，夜敲窗竹梦千重。
晓看雾嶂烟云暗，恰似巫山十二峰。

（二）

秋雨潇潇秋气凉，漫山遍野麦田黄。
挥镰村妇归家晚，麦索细匀青豆香。

2020年8月

新城王家山（三首）

（一）

一峰秀出城西南，朝夕迎眸翠烟岚。
伤情只为石有玉，人破金瓯神何堪。

（二）

安稳从来比三岳，风雨声中忽滑坡。
新修高速被推倒，开矿铁臂奈他何。

（三）

古城屏障是青峦，风雨从来看等闲。
辽鹤归来还识否，山河人事共衰颜。

2020 年 10 月

有 感

心开意解向谁求，顽石曾经假点头。
枉费莲台呈妙舌，不如向壁自勤修。

2020 年 10 月

恭贺永登把氏祠堂重建十周年庆典

永登传把氏，本自出天骄。
济济原多士，煌煌历数朝。
宗支延盛脉，时彦见高标。
十载馨香颂，千秋俎豆遥。

2020年10月

九月九忆旧

十风九雨过重阳，未便登高赏菊黄。
新面磨成做新馍，笼笼提上去看娘。

2020年10月

年终即题

终年忐忑总难安，疫讯翻腾未等闲。
环宇汹汹何处好，皆云上国有南山。

2020年12月

读马锋刚老师《山花绝句系列》

慰情何物真，花草有精神。
四野生颜色，一盆看几春。
香随流水远，叶拂凯风新。
笑靥常漫烂，入诗尤可人。

2020 年 12 月

冬访刘志汉翁

冬阳晴正好，雪后访村翁。
平屋明窗下，佳邻呼酒中。
兴酣开画卷，笔落有春风。
临别赠新作，牡丹深浅红。

2020年12月

有　感

高阁逢诗会，时贤论主张。
席前倾耳听，只觉颇荒唐。
一叶障双目，谬情回曲肠。
莫如有暇日，乘兴步山岗。

2020 年 12 月

冬 居

风景乡关好，深冬未出游。
花红忆人面，雪白阻山头。
芳草天涯在，玉颜心底留。
斯人未憔悴，尚倚最高楼。

2020 年 12 月

全国脱贫日

面朝黄土背朝天，自古生民衣食艰。
四海闲田力耕尽，九州枵腹泪凝斑。
而今鼎鼐余甘味，从此锦衣辞旧颜。
振兴乡村再圆梦，百年回首续登攀。

2020 年 12 月

二○二○年十二月二十九日题

日上三竿始起床，松岗雪白对明窗。
今年再剩两三日，不必掐单还掐双。

2020年12月

元旦感怀

冬深春近又开元，雪里梅花见俏颜。
吹面寒风虽正劲，侵人苦雨亦曾艰。
五洲万国问凉热，四海九天频往还。
须信神州将更好，苍松不老倚南山。

2021 年 1 月

悼中印边界牺牲四烈士

英雄立马驻昆仑，驱寇巡边守国门。
血洒银峰万河谷，功铭华夏气长存。

2021年2月

咏 牛

禀性惟忠厚，毕生向野畴。
自知夕阳晚，最是老黄牛。

2021 年 2 月

仲春洮州诗会诸友小聚卓尼，分韵得雨字

暇日良朋三五，青山楼外相聚。
还当何事萦怀，但想桃花满树。
碧水浮鸥逐波，白云飞鸟翔宇。
蒙眬醉里归来，入夜霏霏细雨。

2021年3月

后川小聚，分韵得酒字

又见三春嫩柳，梨花喧闹郊口。
偎炉细雨农家，夜浅杯深老酒。

2021年4月

临潭咏史（十六首）

（一）

衣冠源远溯隋唐，地旷天高和众羌。
洮水一湾通首曲，建州应始贺兰祥。

（二）

荒烟冷雨世纷纶，雄主先来吐谷浑。
继有带刀哥舒将，听军报捷到辕门。

（三）

天纵雄才赞普王，诚迎公主奉唐皇。
锐锋吐谷势难及，挥骑来东试剑芒。

(四)

羊坝曾传石堡城，戍楼洮水夜寒声。
词人剑客高歌起，万里丰碑北斗明。

(五)

河北狼烟动地哀，洮西神策向东开。
山川百二凭谁守，吐蕃健儿驱马来。

(六)

天生李晟岂因朕，感泣德宗明圣衷。
万里纵横扶社稷，中流砥柱是家风。

(七)

宋师乘雾自天降，袭上洮城擒鬼章。
西夏联谋化乌有，诗碑纪颂证沧桑。

(八)

元祖平滇曾绝洮，金銮殿里帅旗高。
秋风吹尽了无迹，胡马至今余几毛。

(九)

石门金锁扼洮东，浪涌洪荒唱大风。
洪武远猷传圣断，凤凰山下卫城中。

(十)

中茶纳马开农猎，兴学诵诗传儒风。
李达勤劳事王事，女儿贤德口碑中。

(十一)

江淮风雅浸洮流，路远花儿唱未休。
耕读传家风俗厚，旖旎八景颂千秋。

(十二)

辉山味雪继园知，都唱春花更乱离。
太白才情杜陵调，秋风满地和吟诗。

(十三)

武昌一举意图强，漫道中华帝运亡。
兵祸匪灾民国事，哀鸿遍地太仓惶。

（十四）

英雄逐鹿战中原，西徼强人频扯幡。
志乘楼观灰烬里，蚁民泪尽向谁怨。

（十五）

红星也照古洮州，北上途中作暂留。
有志从戎思报国，男儿热血碧还稠。

（十六）

百年魔怪舞终休，收拾山河岁月稠。
净土蓝天诚可待，西倾洮水绕金瓯。

2021年4月

游慈云寺分韵得通字

雨轻深巷通，古寺耸天穹。
宝殿飞檐角，层台起佛宫。
观花禅院静，种树碧桃红。
竹叶分苍翠，清心茶盏中。

2021 年 4 月

种 杏

故山东郭外，草矮树原稀。
今岁清明后，晴云茬苒飞。
持锄斜径上，种杏野塄围。
所望十年后，城边看绛绯。

2021年4月

春　来

身轻渐减裳，足捷欲登冈。
细雨添幽梦，暖风飘淡香。
园中蜂蝶探，山里草芽长。
桃杏思佳友，岸边分韵忙。

2021 年 4 月

辛丑谷雨前一日

漫天飞雪雨，随友下岷州。
嫩柳共桃杏，芳菲连麦畴。
泠风迎雾岭，平浪转洮流。
那畔出新酿，携壶一往游。

2021 年 4 月

周末海宏招饮，以王摩诘句
"城隅一分手"分韵，得一字

相聚小肥牛，温馨春有一。
分杯酒愿低，举箸锅频溢。
渐渐话头多，融融情意蜜。
殷勤再约期，采蕨南山日。

2021 年 4 月

初访肖家沟绿色食品厂

初夏到山乡，平田菽初长。
晴云依秀岭，车驻柳泉旁。
未饮已如醉，花熏酒气香。

2021 年 5 月

初夏过洋溪河坝观大泉

碧水迎风波尾长，浅芦时有鸭栖藏。
山泉已解千家渴，浅草黄花正吐芳。

2021 年 5 月

花 落

花落知何处，馨香曾染衣。
春红莫相忆，夏绿满蔷薇。

2021年6月

仲夏左拉村

暇日寻郊外，小村山后藏。
农家篱落近，泉水瓜棚旁。
牛背浮云白，风前油菜黄。
巷中行悄悄，随处有花香。

2021年6月

夜听雅语清音诉流弦味雪诗韵枕上口占

雅语清吟情味醇，冰弦更奏听阳春。
高山流水常遥想，今夜临屏觉有人。

2021 年 6 月

应邀城关一校参观书画展，忽雨旋晴，遍山松林愈显苍翠，遂题

满壁烟云开画卷，一山风雨听松涛。
碧霞流影落西凤，翠柳鸟啼天远高。

2021 年 6 月

国华兄院中对酒

一壶老酒味绵长，翠竹古藤青石旁。
飞瀑闲看鸟相逐，浮云不理世人忙。

2021年6月

辛丑端午感怀

端午偏逢雨脚长，雾迷郊野锁青苍。
欲游芳甸寻无路，怅读《离骚》恨楚王。

2021 年 6 月

饮中偶感

一纸辞书何足论，当年惊俗性情真。
至今尤为朋侪道，冷眼热肠看世人。

2021年6月

送高众老师挂职期满离潭归京（二首）

（一）

远别京华洮水头，扶贫挂职两春秋。
润心助力挥神笔，文学之乡传不休。

（二）

霏霏细雨夜来柔，把盏殷勤君悦楼。
鹏程明日关山路，文字因缘驻心头。

2021年7月

观百米折册书画剪纸展即兴

笔驱墨浪意飞扬，韵染诗绫万丈长。
舞动龙蛇图破壁，波澜百转奏华章。

2021年7月

参观北京鲁迅旧居

小院偏幽雅，丁香枝叶繁。
荫浓遮暑气，心肃谒方园。
手迹斑斑在，音容宛宛存。
言犹警世耳，以血荐轩辕。

2021年7月

圆明园

久矣慕名园，兹游画里天。
湖光围柳色，鱼鸟没荷田。
上国忆遭劫，皇家蒙耻年。
西洋残水法，游客费盘旋。

2021 年 7 月

游八达岭长城

崇山峻岭头，天险巨防留。
锁钥金汤固，居庸景色收。
健儿严昔守，妇孺乐今游。
烽火但长熄，景观诚可讴。
我来寻好汉，登览壮吟眸。

2021 年 7 月

参观北京798自然科学艺术展

大千看世界，万物果纷然。

品类种无数，陆空水俱全。

形奇非即丑，光怪美而妍。

彼此争消长，往来同戚欢。

六尘固有限，智巧拙何叹。

2021年7月

游北京恭王府

侯门深似海，几度燕随人。
鼎沸喧游客，池幽滋翠筠。
画梁频更换，颜色一如新。
邀月台谁在，秘云洞字真。
恭王留影像，国运委泥尘。
半部清廷史，文明险坠沦。

2021 年 7 月

出行有感

楼耸天上远，车奔地底忙。
往来如电掣，上下似仙翔。
南北东西走，杖无手机强。
时间和地点，从不错毫芒。
小女已长大，出门作导航。
老爸识字多，已然成全盲。
还宜广见闻，以免孤卧僵。

2021 年 7 月

乘机所感

今日御风走，一从游远方。
大鹏呼啸起，万里太空翔。
展翅行云海，奋身凌碧苍。
湛蓝天外界，玉宇照祥光。
突兀银涛立，棉田无界疆。
俯看人间世，蚁聚何微茫。
科技争发达，世务日趋忙。
复杂至无限，力争较短长。
天工果能胜，观止基建狂。
人所赖存者，不过饱而康。

2021 年 7 月

送刘玮老师回陇东

今日忽相别，长川金谷中。
马兰虽已谢，圣果正娇红。
万物随天道，斯人望远鸿。
群山碧如海，柳下夕阳风。

2021 年 7 月

打拓片

头顶烈日，手挥拓包。
上下求索，轻叩慢敲。
落花回雪，起凤腾蛟。
龟文鸟迹，古今神交。
志乐金石，浮华可抛。

2021 年 7 月

七夕昼登新城雷祖山打匾拓

金风思玉露，秀野碧云晴。
未有鹊桥约，翻成雷祖行。
山门依旧立，庙柱焕新明。
遗匾楼头在，字题怀世情。

2021 年 8 月

辛丑立秋做客红崖村（二首）

（一）

秋到乡间花更繁，友人招饮步芳园。
小桥流水柳荫里，风送茶香到碧轩。

（二）

休言苍鬓也兴狂，跃步晃桥恣荡扬。
乐与儿童共天趣，此中今日好秋光。

2021 年 8 月

送溪流赴夏河就任

秋风飒飒转天凉，骊歌一曲秋云长。
秋雨平添洮水波，离杯在手思如何。
家山风景正待赏，三年同赋临潭歌。
登高正欲约重阳，忽闻车往漓水旁。
名刹古镇拉卜楞，桑科草原鹰高翔。
此去恰宜开境界，更将奇花入诗肠。

2021 年 9 月

秋 思

一自立秋天转凉，纷红绿叶各行藏。
繁华过眼休追问，造物从来有主张。

2021 年 9 月

读张克复会长《劬劬斋吟稿》

岁月波澜何处存，休言云水影无痕。
情怀常在寄家国，万卷文章信有根。

2021 年 9 月

洮州边墙散吟（十三首）

（一）边墙（四首）

（一）

蜿蜒三百里，千载历炎寒。
人力竟如此，鬼神泣壮观。

（二）

荒垣经岁久，怪石岭云闲。
心与谁相悦，苔衣特绚烂。

（三）

深山人不到，生灭只荒烟。
旧垒余残迹，几回看月圆。

（四）

岁月一条河，边墙故事多。
凄风曾苦雨，今唱太平歌。

（二）新望三角城

岭上一城起，曾经锁大川。
千年风雨过，人杳野花妍。

（三）八木墩

偶来登绝顶，四望野云开。
万岭千山外，洮河百转来。

（四）甘布塔暗门

高速过边墙，颓壕越岭旁。
村民依旧垒，都打彩钢房。

（五）铁占山

此处野花娇，百年走几遭？
往来云自在，日远更天高。

（六）达架暗门

昔日筑高壁，为防两互伤。
今看陈迹处，闲牧马牛羊。

(七) 扎尕梁

手可扪天处，雄浑扎尕梁。
松涛天际远，花草脚边香。

(八) 俄藏边墙处

牛向草中卧，鸟从花上飞。
村人时嫁娶，田野种当归。

(九) 踏考边墙

野岭荒山外，钻林跨涧沟。
牵衣尽荆棘，悲喜作兹游。

(十) 朋友圈观边墙考察活动

壮游愧未随，故事总如谜。
佳景汝曹赏，好诗由我题。

2021 年 10 月

驾校二题

（一）女学员

姑娘媳妇黛眉长，旋去旋来都靓妆。
世道果然成大变，女红不练练车忙。

（二）教练

绕后看前指点详，应存昔日老师肠。
唇焦舌敝仍呼得，如此这般风雨忙。

2021 年 10 月

环卫工

长街小巷见身影，星月在肩霜在眉。
擦亮城乡留净美，小车推走累和饥。

2021 年 10 月

辛丑深秋新冠疫情又起，全民严防

待赏雪花妆柳姿，忽传疫妖又相欺。
陇原处处龙蛇阵，检测排查牢筑篱。

2021年10月

咏雁群

春来秋去总同行，风雨相呼万里程。
觅食水滨能共戏，长空嘹唳应谐鸣。

2021 年 10 月

理发（三首）

（一）

一头乱发似荒园，持剪如锄弄几番。
岁岁花红桃李好，春风白首欲何言。

（二）

银发纷纷随剪飞，须臾故我已相违。
镜中每似旧相识，不见青春见落晖。

（三）

乱云压顶总心慌，剪似春风慰我肠。
烦恼三千全扫尽，街头帽落也无妨。

2021 年 11 月

咏　雪

已作晶莹天上客，偏来地下染污泥。
忍看故国太萧瑟，欲酿春花千万枝。

2021 年 11 月

防疫值班点

临冬风带疫，街道少行人。
关卡值班者，平安防护神。
往来勤记录，进出每详询。
寒夜帐篷里，暂将倦腿伸。

2021 年 11 月

核酸检测点医务员

她穿防护服，银甲显英姿。
黄叶萧萧落，长龙缓缓移。
风寒侵骨冷，任重问心知。
日暮鸟归尽，冰凉汗透肌。

2021 年 11 月

辛丑立冬疫情缓解

瘟神敛迹未消亡，鬼蜮冥冥难避防。
未死含沙能射影，南山仍把剑高扬。

2021年11月

大 雪

节候今逢大雪寒，时人惯说老爷难。
脱贫已是去年事，暖气暖廊花簇团。

2021年12月

长相忆·桑科湿地（二首）

（一）

想桑科，说桑科。湿地景观宜打磨。绿茵泉水多。
风唱歌，鸟唱歌。自驾游人尽帅哥，美眉骑马过。

（二）

白天鹅，黑天鹅。还有成群黄鸭歌。云天映碧波。
春若何，冬若何。雪落草原花满坡。清清大夏河。

2021 年 12 月

《洮水流韵》由作家出版社出版志贺

西倾洮水出，珠玉涌琳琅。
映日三冬暖，流波千里长。
临潭听古调，高众品诗章。
杯酒应相庆，欣登大雅堂。

2021年12月

后　记

　　人生在世，随经历而来的，总是种种酸甜苦辣，或淡或浓的感受。或如梦幻泡影，即生即灭；或如勒石留印，刻骨铭心。不论男女老少、贤愚美丑，概莫能外。而区处驱遣之道，却各不相同。或听之任之，或一醉释怀，或歌且舞，甚或青灯黄卷。而我自感庆幸的是，还可乞灵于诗，并使之成为一种生活方式。一个人选择什么生活方式，特别是业余生活方式，因个人天性和后天机缘的不同而有所不同，这是很自然的。早年虽亦有心于诗，怎奈苦于求教无门，始终不得其门而入。直至2014年，有幸加入甘肃省诗词学会，并来到《甘肃诗词》编辑部，才有了向许多陇上诗界方家请教学习的机会。蒙诗会领导及同仁的信任，还先后担任《甘肃诗词》编辑、副主编。在此期间，前后数次参加了甘肃省诗词学会组织的前往我省临夏东乡县、庆阳合水县、白银平川区、兰州安宁区、兰州市榆中青城古镇等地的采风活动。也由此认识了陇上众多诗家。个人对诗词的学习和写作因之也有了较大的进步。与此同时，又有感于家乡临潭县诗词文化的历史及现状，便在2017年4月间，与县内部分诗词爱好者共同倡议发起并正式组建了临潭县诗词组织——洮州诗词协会（今已改名临潭县洮州诗词楹联学会）。从此，个人在一边尽职尽责做好《甘肃诗词》编辑工作的同时，一边又积极参与临潭诗词组织活动。在此过程中，自然也就有了大量的个人诗词习作。2018年，甘肃省诗词学会第五次会员代表大会召开，个人因故辞去《甘肃诗词》副主编一职，又因在编辑部期间所做的一些工作，以及在临潭诗会中所作的一些工作，被授予"甘肃省诗词学会成立三十七周年以来优秀工作者"光荣称号。从此便将主要精力放到临潭县洮州诗词学会的活动上，个人作品中也就有了大量以临潭为题材的内容。

现在，连同早年零星写的一些诗词，选出一部分结集成册，次序原本是按照自己学习诗词各种体式的体会，以五绝、七绝、五律、七律、五古、七古、词，再依各体中所作时间先后为序排列的。但转念一想，个人所作，并不是要为别人提供学习的范本，不过是自己生活的经历体会的记录而已，还是以时间为序合理，这样更能看出本人不断进步提高的过程，更符合一个普通爱好者的实际。于是，便又成了现在这个样子。原本也没有所谓后记，觉得不需要这样多诗作之外的话。但中国作协来临潭挂职的县委常委、崔沁峰副县长不嫌陋俗烦琐，竟数次认真看了书稿，提出了许多真诚而宝贵的意见，其中一条便是应当有个后记之类的部分，既作为对创作缘由、过程的一个必要介绍，也作为全书的一个结束。想想也是，于是也就有了如上这些流水账。在此，非常感谢崔沁峰副县长的关注和宝贵意见。中国作协多年来对临潭文学事业的大力扶助支持，也是包括拙集在内的一系列本地作者作品能够出版的最重要因素。如果没有他们"文化润心、文学助力、扶志扶智"的帮扶活动，我知道，拙集是不可能这样堂皇出版的。本人对作家出版社编辑的高度敬业精神，有着深刻的体会。本书的出版，自然免不了他们的辛勤付出，在此，也要衷心地对他们说一声谢谢！也非常感谢临潭县文联敏奇才主席费心筹划，约定拙稿；非常感谢所有在本人学习诗词写作过程中给予各种形式鼓励、帮助的亲人、朋友们！谢谢！

张俊立

2022年5月于临潭

图书在版编目（CIP）数据

迟庐吟稿 / 张俊立著. -- 北京：作家出版社，2023.1
ISBN 978-7-5212-2092-6

Ⅰ. ①迟… Ⅱ. ①张… Ⅲ. ①诗集 – 中国 – 当代
Ⅳ. ①I227

中国版本图书馆 CIP 数据核字（2022）第 204597 号

迟庐吟稿

作　　者：张俊立	
责任编辑：李宏伟　秦　悦	
装帧设计：薛　怡	
出版发行：作家出版社有限公司	
社　　址：北京农展馆南里10号	邮　　编：100125
电话传真：86-10-65067186（发行中心及邮购部）	
86-10-65004079（总编室）	
E-mail:zuojia@zuojia.net.cn	
http://www.zuojiachubanshe.com	
印　　刷：河北京平诚乾印刷有限公司	
成品尺寸：152×230	
字　　数：226千	
印　　张：24.75	
版　　次：2023年1月第1版	
印　　次：2023年1月第1次印刷	
ISBN　978-7-5212-2092-6	
定　　价：75.00元	